KB188736

단짠단짠 우리의 사계절

홈스윗홈

글·그림 **림쁘**

홈스윗홈

첫째판 1 쇄 인쇄 ┃ 2025년 2월 28일
첫째판 1 쇄 발행 ┃ 2025년 3월 14일

지 은 이   림뽀
발 행 인   장주연
출 판 기 획   최준호
책 임 편 집   성도연
표지디자인   김재욱
제 작 담 당   황인우
발 행 처   군자출판사(주)
　　　　　등록 제4-139호(1991. 6. 24)
　　　　　본사 (10881) **파주출판단지** 경기도 파주시 회동길 338(서패동 474-1)
　　　　　전화 (031) 943-1888　　팩스 (031) 955-9545
　　　　　홈페이지 ┃ www.koonja.co.kr

ISBN 979-11-7068-222-6

정가 18,000원

단짠단짠 우리의 사계절

홈스윗홈

목차

1부. 봄

두근두근

그렇게 고대하고 고대하던
바로 그날..!

베테랑답게 말하지 않아도
모든 준비를 끝낸 유니와

어느 때보다
일찍 일어난 태태는

새로운 시작이 설렜는지

아침 8시가 되자마자 문을 나섰다

오후 1시, 짧은 해피타임 끝..

아빠바라기

평소 엄마바라기인 아이들

하지만

몇몇 상황에선 아빠바라기가 된다

빤히

짜식, 이쁜 건 알아가지고~

게임

요즘 우리 집에서 유행인 〈접어〉 놀이

타겟은 주로

아이들!

이렇게 속수무책으로 당하던 아이들이

반격을 시작했다

팩폭 멈춰..

여자친구

학교생활에
열심히 적응 중인 태태

어느 날 학교에 다녀오더니

엄청난 소식을 알렸다

사이좋게 지내라~

유니

호불호가 매우 확실한 유니

의사 표현도 거침이 없다

그리고 나는 그런 유니를
최대한 존중해주려는 편

내가 어렸을 때
첫째라서 힘들었던 점을 떠올리며

그 힘듦을 물려주지 않으려
노력하지만

혹시 모를 서운함이 남았을까 봐

조심스레 물어본다

휴, 다행..!

자랑

어디 가서 마음 놓고(?)
내 자식 자랑하기 어려운 요즘

대놓고 자랑할 수 있는
판이 깔렸다!

만족스러운 자랑이었다..!

아낌없이 주는 태태

학기 초에 친해진 친구와
아직까지 잘 지내고 있는 태태

학교에 다녀오면
그 친구 이야기가 빠지지 않는다

그 친구를 위해 간식도 챙기고

원하면
필통도 바꿔주고

애지중지하는 장난감도
망설임 없이 내어준다

적당히 하자, 적당히..!

어느 날 학교에서 키링을 하나 가지고 와서는 신나게 자랑을 하던 태태. 그 키링은 친구 소민이가 만든 거였는데, 소민이가 바꾸자고 했다며 받아온 키링을 기쁜 얼굴로 저한테 보여주는데 굉장히 뿌듯해 보이더라구요. "엄마, 이거 소민이가 만든 건데 진짜 예쁘지?" 하고 묻는 태태를 보니, 어쩐지 시어머니가 된 기분이 들었달까요?! 미래를 살짝 엿보고 온 느낌입니다. 이렇게 다정한 태태라면 커서 정말 사랑하는 사람을 만나면 뭐든 아낌없이 나눠줄 것 같아요!

전화예절

유니에게
첫 핸드폰이 생겼을 때만 해도

초등학생들은
다 이런 줄 알았는데

안 그런(?) 어린이가
우리 집에 있었다!

볼 때마다 칭찬했더니
몸에 배어버림ㅋㅋ

우리 집에 전화예절 왕이 산다

첫째만 키울 때는 모든 기준이 다 첫째였는데, 둘째를 같이 키우다 보니 첫째와는 다른 모습을 발견하는 재미가 큽니다. 첫째를 키울 땐 모든 아이들이 다 첫째 같은(?) 줄 알았는데, 태태는 전혀 다른 모습을 보여주더라고요! 아마 핸드폰 때문에 혼나던 누나의 모습을 보고 스스로 뭔가 느낀 게 아닌가 싶어요. 가르쳐준 적도 없는데도 전화 예절이 정말 훌륭하답니다. 이렇게 눈치만 점점 빨라지고 있는 둘째입니다...

표현

핸드폰이 생긴 뒤로
많은 스킬을 터득한 태태

싸움 후(일방적으로 삐짐)

마음 표현도 문자로 한다

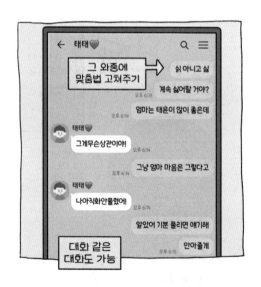

배고프단 소리도 문자로

오디오+이모티콘까지 동원하며

핸드폰과 물아일체가 된 태태

결국 시간제한 엔딩^^

첫째

여느 때처럼 일찍 일어나
모든 준비를 끝낸 유니

그런 유니에게
자연스럽게 부탁을 했다가

..라는 말에 정신이 번쩍 들었다

아차 싶어
바로 수습을 하긴 했지만

지금까지 알게 모르게

유니에게 의지했던 지난날들이 떠올라

미안한 마음이 계속 맴돈다

좋은 날

오늘은 시작이 좋았다

유니도 기분 좋게 일어났고

평소 같았으면
잠에 취해 있을 태태도

한 번에 일어났으며

계획도 착착

날씨마저 완벽했다

태태가 이 말을 꺼내기 전까지는..

학교에 가져가야 할 책이 빠졌다

솔직히 고민함

하지만 나는 엄마!

아이를 위해 뛰었다

전력 질주는 오랜만이라

진짜 힘들었는데

나를 보고

반갑게 달려와 안기는 아이를 보니

다 괜찮아졌다

아이가 준비물을 빠트렸을 때는 "으이구, 또 빠트렸네" 하고 웃어넘기는 편이에요. 보통 같았으면 "어쩔 수 없지, 다음엔 더 잘 챙기자" 하고 보냈을 텐데, 그날따라 준비물을 안 가져와서 혼날까 봐 겁먹은 아이의 얼굴을 보니 그 말이 차마 나오질 않더라고요. 결국 집으로 냅다 달려가 준비물을 가져다줬을 때, 엄마를 발견한 아이의 표정을 잊지 못합니다. 그날 저는 아이의 구원자였어요. 스스로 잘 챙기는 습관도 물론 중요하지만, 아이에게 뒤에서 든든히 지켜주는 엄마가 있다는 걸 느끼게 해줄 수 있어서 뿌듯했습니다. 좋은 엄마가 된 것 같은 느낌은 덤이고요!

교육

아이들 공부 관련
큰 욕심이 없었던 나

이런 나에게 변화의 순간이 찾아왔다

그렇게 시작된
수학 벼락치기 공부

결과는

...이었다

노력(?)에 비해 아쉬운 결과였지만

괜찮다 다독여줬는데

학교에서 온 알람을 보고
안 괜찮아져버렸다

위기의식을 느낀 나는

전문가의 손길을 빌려보려 했지만

유니에게
한 번 더 기회를 주기로 했다

그리고 다가온 대망의 그날..!

유니는 정말

굉장한 결과물을 들고 왔다

결과에 승복할 차례야

그럼 이제 수학학원 다니는 거지?

학원 알아본다?

아니! 절대 싫어!

수학 아무 쓸모없어!!! 써먹을 데도 없어!

?!!

계산도 계산기로 하면 되잖아!

그건 그..렇지만..?

●당장 받아칠 말이 생각 안 나 버퍼링 걸림

그래도 뭘 알아야 계산을 하지 않나?

그렇게 따지면 영어학원도 안 다녀도 되겠네?

AI로 동시통역 다 해줄 텐데 영어학원은 왜 다녀?

영어학원도 끊는 게 어때?

이게 먹힐까?

상황은 이렇게 일단락되었지만

앞으로 학업을 이어가는 것에 대해
생각이 많아졌다

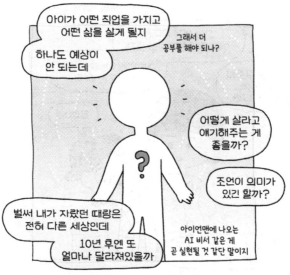

하루하루 급변하는 세상에 살고 있어서

다가올 미래를 가늠할 순 없지만

어떤 미래를 만나든
너의 자리를 잘 찾을 수 있기를..!

+ 이후의 이야기

약속은 순조롭게 이행되었다

중간중간

위기는 있었지만

가장 어려운 단원평가 시험 전까지
꾸준히 공부하는 것에 성공!

부푼 기대는

비록 아쉬움으로 변해버렸지만

괜찮다

이런 경험과 실패들이 쌓여서

더 나은 네가 될 테니까!

사르르

예쁘고 귀여운 거 보면

기분이 좋아지는 건 만고의 진리!

그리고 그 진리는

아이들을 혼내고 있을 때도 통한다

~ 마음이 사르르 녹아버림 ~

예쁘고 귀여운 거 최고..!!!

가끔 아이들을 혼낼 때면, 억울함에 닭똥 같은 눈물을 뚝뚝 흘리며 울상을 짓는 얼굴을 가만히 들여다보게 돼요. 처음에는 단단히 마음먹고 혼냈다가도, 그 얼굴을 보면 금세 마음이 사르르 녹아내리곤 하죠. 좀 더 조목조목 따져서 혼을 내야 한다고 생각하면서도, 아이들의 얼굴과 표정이 자꾸만 그 마음을 방해하는 느낌이랄까요? '고슴도치도 제 새끼는 예쁘다'더니, 제가 꼭 그 모습 그대로인 것 같아요. 눈물 맺힌 그 얼굴을 보면서 혼내야 할 마음이 흔들리는 걸 보면, 정말 부모는 아이 앞에서 한없이 약해지는 존재인가 봅니다.

앙앙앙

자꾸만 깨물고 싶은 발꼬락♥

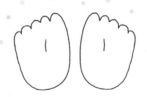

오리뽀뽀

한 번씩 들이대는(?) 남편

그리고 이 모습을 본 아이들

2부. 여름

거짓말

이젠 말로 이길 수 없는 어린이..

말로는 절대 지지 않는 우리 유니! 꽤 논리적이고 설득력 있는 언변을 구사하는 편이에요. 때론 귀엽게(?) 죄책감을 살짝 건드리면서도, 원하는 걸 기어코 얻어내는 똑순이죠. 이제 말로는 이길 수 없는 눈치 빠른 유니의 한마디 한마디가 얼마나 날카로운지 몰라요. 얼마나 놀이터에 가고 싶었으면 그렇게 설득을 했을까 싶어서 피곤해도 결국 놀이터로 향하게 됩니다. 유니의 설득에 이끌려 온몸으로 놀아주는 극한 직업 아빠도 칭찬합니다.

누구 편

아이들이 싸울 때면

최대한 공정하려고 노력하는 나

하지만 둘 중 한 명은 꼭 삐진다

반대 상황에서도 마찬가지

이게 뭐야...

반칙

아직도 여전히 밤만 되면

내 곁으로 모여드는 아이들

잠자리 분리는 대체 언제쯤...

기분이 안 좋을 땐

아이들 기분이 안 좋고
짜증이 많을 땐

꼬옥 안아주고 토닥여주는 게
기분을 풀어주는 내 방식

그리고 그 방식은

나에게도 적용된다

아이들의 기분이 안 좋을 땐 항상 꼭 안아주곤 해요. 그래서인지, 지금도 기분이 안 좋을 땐 아이들이 먼저 다가와 "엄마, 나 기분이 안 좋아. 안아줘."라고 말하곤 합니다. 신기하게도, 엄마인 제가 기분이 안 좋을 때도 아이들이 이 방법을 쓰는데 꽤 잘 통하는 방법이랍니다. 혹시 기분이 안 좋은 날이 있다면, 포근한 품에 꼭 안겨보세요. 기분이 한결 나아질 거예요.

사춘기

티비가 보고 싶어서

소리를 지르며 난리 치는 유니

그런 누나를 지켜보던 태태가 말했다

근데 너, 사춘기가 뭔지는 아니..

고백

평범한 주말 오후

태태가 고백을 받았다

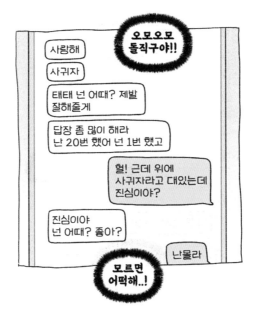

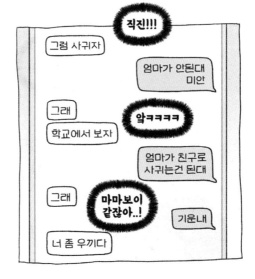

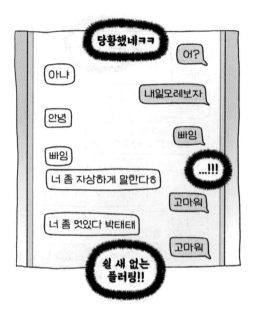

초딩 썸(?) 너무 재밌다^^

태태가 고백받은 사실이

모두에게 소문(?)났다

난장판..

고학년의 조언

우리만 진심이었다ㅋㅋ

왠지 남자친구들보다 여자친구들에게 인기가 더 많은 것 같은 태태! 담임 선생님 말씀으로는, 학교 친구들에게 친절하고 다정하다는 평가를 받는다고 해요. 아직 사귀는 게 뭔지 잘은 모르는 것 같은 눈치지만 아이들의 꽁냥거림을 보니 그저 귀엽기만 합니다. 여자친구가 생겨도 당분간은 손만 잡고 다니는 걸로...!

여행의 묘미

자고, 먹고, 싸고, 씻고,
또 자고

눈 깜빡하면 지나가버리는
별다를 거 없는 매일

하지만
어딘가로 떠날 때면

시간의 흐름이
평소와 다르게 느껴진다

좋은 곳에서
만나면 편한 사람들과 함께

맛있는 걸 먹으며
그동안 못 했던 이야기를 나누는

느리게 흘러가는 이 순간이

뭔가 여유로워

참 좋다

예지력

아이들을 키우다 보니 생긴
새로운 능력

그것은 바로 예지력!

..예지력 따위 아무 쓸모가 없다

용돈

아침에 누워있는데

갑자기 용돈이 받고 싶어졌다

줬다 뺏기 없음ㅋ

기술

요즘 저녁을 책임지고 있는 남편

자연스럽게 설거지는 내 몫이 되는데

가끔 굉장히 하기 싫을 때가 있다

그럴 땐 남편을 불러본다

이거 안 통하네~

비 온 뒤 맑음

아이들과 싸우게 되는 원인은
대략 이 정도

나는 생활의 기본이 되는 것들을
알려준다고 생각하지만

아이들 입장에선
그저 듣기 싫은 잔소리일 뿐

나에게 여유가 있을 땐
나름의 평화가 유지되지만

여유가 없는 날

아이들의 짜증까지 더해지면

우리 집엔 지옥문이 열린다

협박을 해도
들을 생각이 없는 아이들

쓰레기 봉지에
뭔가가 담기는 소리를 듣고 나서야

온갖 짜증을 내며 나와
치우는 시늉을 한다

..말은 참 잘한다

도무지 끝날 것 같지 않던 싸움도

어떻게든 끝이 난다

속이 타들어가는 엄마 마음을
아는지 모르는지

아이는 무슨 일이 있었냐는 듯
아무렇지 않게 내 옆으로 다가온다

나도 무슨 일이 있었냐는 듯
아무렇지 않게 받아준다

**아무 일도 없었던 것처럼
화해를 한다**

데이트

평소 엄마를
독차지하고 싶어 하는 유니

유니의 소원을 들어주기로 했다

유니와 단둘이 함께하는 일상은

아주 조금 시끄러웠지만

대체로 안정적이고

여유롭고

떠먹여주지 않아도 되다니

평화로웠다

어느새 쑥 커버린

나의 작은 여자친구

다음에 또 놀자!

유니는 사랑을 독차지하고 싶어 하는 아이라 '엄마랑 둘만의 시간'에 대한 목마름이 있었는데, 그런 마음을 알면서도 "오늘은 태태가 있어서 안 돼", "오늘은 엄마 일해야 해서 안 돼", "오늘은 할머니 댁 가는 날이야" 같은 핑계를 대며 미루다가 큰맘 먹고 유니와 단둘이 데이트를 다녀왔어요. 둘이서 브런치를 먹고, 영화를 보고, 서점에 들러 책도 사고... 돈은 많이 썼지만 아이가 기뻐하는 모습을 보니 "이래서 돈 버는 거지!" 하는 생각이 절로 들더라고요. 그 이후로 유니는 매일 제 스케줄을 확인하며 또 한 번의 데이트 기회를 엿보고 있답니다!

확신

역할

보호자로 시작해

친구도 되었다가

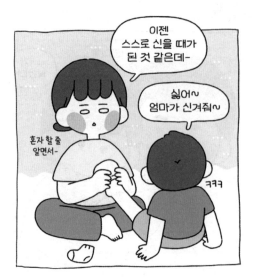

가끔 수발도 들어주고

싸우면 중재도 하고

전속 요리사에

선생님 노릇까지

아이들을 잘 키우기 위해 자처한
수많은 역할들

그 역할들을 수행하다 보니

어느새 제법 그럴싸한
엄마가 되었습니다

우리 집 강아지

언제든

손을 내밀면

자연스럽게 내 손바닥 위에
얼굴을 올리는 유니

그리고 태태

우리 집에 강아지들이 산다♥

그래도 좋아

수시로 삐지는 태태

그렇게 삐졌다가도

아침이 되면

매우 자연스럽게 나에게 온다

그래도 좋아

3부. 가을

품 안의 자식

초등학생이 된 후
혼자 다니기 시작한 태태

간만에 데려다주려고

함께 집을 나선 순간

태태의 태도가 달라졌다

..좋은 하루 보내렴

딱 걸렸어~

환절기

부쩍 쌀랑해진 아침 공기

반팔에 겉옷은 왠지 추운 것 같고

긴팔에 겉옷은

편-안

살짝 더운 것 같은

옷 입히기 참 애매한 시기가 왔다

아빠조련사

주말 아침, 한참 자고 있는데

아침을 차려달라는 남편

말투가 마음에 안 들어
뭐라고 한마디 하려던 차

바른말 윤선생 등장

유니가 선수를 쳤다

유니의 큰 그림

책 읽다가 갑자기 시작된
결혼에 대한 질문

열심히 대답을 해줬는데

어째 대화의 흐름이

점점 안드로메다로 간다..?!

기승전 엄마껌딱지

갑자기

어느 날 갑자기

동생이 갖고 싶다는 태태

당황했지만 자연스럽게

대화를 이어나가는데

있는 동생도 버거워하는 유니

믿었던 유니가 배신(?)을 때렸다

그리고 유니의 말을 듣던 태태는
뭔가 큰 깨달음을 얻어버렸는데..!

그건 좀 많이 곤란해..

오늘의 기분은 흐림

잠만 잘 자도 예쁘고

어쩌다 한번 방긋 웃어주면

세상 부러울 게 없던 때가 있었다

하지만

그 시기가
끝나가고 있음을 느끼는 요즘..

가끔 이렇게 아이들의 감정이 격해질 때가 있어요. 그럴 때마다 아이들은 스스로를 불쌍한 어린이로 만드는 듯한 공격(?)을 하면서 엄마의 죄책감을 건드리곤 해요. 주는 사랑이 부족하진 않다고 생각했는데, 아이들이 느끼기엔 부족했던 걸까요? 밖에서 스트레스를 받는 걸 편한 엄마에게 털어놓는 건지 아니면 그냥 감정이 널뛰는 건지 확실히 알 수는 없지만 이렇게 한바탕 전쟁을 치르고 나면 진이 빠지네요. 이제 시작인 거겠죠?! 내일은 좀 더 나아지기를...!

수습

뭣 때문인지 잔뜩 화가 난 태태

파국으로 치닫기 전

수습에 들어간다

수습 완료★

아이들의 비위를 맞춰주다 보면 가끔 도를 닦는 기분이 들기도 하지만, 갈등이 생기면 항상 마무리를 잘 지으려고 노력해요. 이유 없이 짜증이 나 화를 낼 땐 먼저 "그랬구나", "속상했구나"라며 '안아주기' 기술을 시도하는데 이 방법이 통하지 않거나 제가 잘못한 부분이 100%라면, 화가 더 커지기 전에 뇌물(?)을 꺼내어 서둘러 수습에 들어갑니다. 이렇게 수습이 가능한 종류의 화라 참 다행입니다...!

멋쟁이

참관수업

평소 집에선

이런 모습이

기본값인 아이들

문득 학교에서의 생활이
궁금하던 찰나

확인할 수 있는 기회가 왔다

늦지 않게 준비를 끝내고

학교로 고고고!

교실 앞

수많은 학부모들 사이에서
먼저 나를 발견한 태태는

곧장 나에게로 달려와

반가운 듯 꼬옥 안고선

지나가는 친구들에게 나를 소개했다

너네 친구들도 엄마, 아빠 왔어...

수업이 진행되는 동안

자꾸만 뒤돌아 나를 확인하던 태태

다행히 자기 발표 순서 때는
집중을 잘했고

헤어질 시간이 되자

살짝 아쉬워했지만

배웅까지 확실하게!

이제 유니네 반에 갈 차례!

부푼 기대를 안고

반갑게 유니를 불러 보았는데

어째 반응이 뜨뜻미지근하다?!

곧 시작한 수업에서도

고학년 느낌 물씬!

시종일관 차분한 모습에

약간의 서운함은 있었지만

초등학생 극과 극 체험 완료!

저학년과 고학년의 수업 분위기를 파악할 수 있었던 참관 수업! 강아지 같은 태태는 학교에 온 엄마를 보자마자 보이지 않는 꼬리를 흔들며 주변 친구들에게 "우리 엄마야!"라고 연신 외쳐댔어요. 수업 중에도 자꾸만 뒤를 돌아보고 씨익 웃음을 지으며 행복해하는 모습이 귀엽더라고요. 반면 유니는 고학년다운 차분함과 특유의 새침함으로 엄마를 맞이했어요. 수업 분위기도 저학년보다 훨씬 차분하고 조용한 느낌이었죠. 집에서는 망아지처럼 활발한 아이들이지만, 이렇게 초등학생다운 모습을 보니 시원섭섭한 마음이 드는 하루였습니다.

변화

밥보다 잠이 우선

끼니도 대충 때우고

잠자는 시간도 제멋대로였던 나의 삶

아이들을 낳고 난 후

180도 달라졌다 ✧

(반강제로) 밥도 잘 챙겨 먹고

(반강제로) 몸도 많이 움직이고

(반강제로) 잠도 일찍 잔다

이렇게
새 나라의 어른이가 되어가는 중★

설득

어른들이 보기엔 아이들이 항상
밖에 나가고 싶어 할 것 같지만

생각보다 집을 참 좋아한다

무뚝뚝한 경상도 남자

평소 입만 열면

(내 기준) 망언을 쏟아내는 남편

사실 행동만 놓고 보면

꽤 다정한 편이다

그냥.. 그러는 게 좋겠어

무뚝뚝하고 과묵함을 자랑하는 경상도 토박이인 남편. 마음과는 전혀 다른 말로 상처를 주곤 해서 상처도 많이 받았고 싸우기도 엄청 싸웠어요. 하지만 행동만 보면 잘 챙겨주는 사랑꾼 같은 면이 있답니다. 언제쯤 말과 행동을 일치시킬(?) 것인지 기다리는 중입니다. 어쨌든 애는 착해요...

만약에

잠들기 전 아빠랑 대화하는 유니

그리고 여기 그 대화를 들으며
고통받는 1인..

요즘 생각

육아 관련 정보가 넘쳐흐르는 요즘

어디서는 아이의 마음을
잘 읽어주는 게 중요하다고 하고

또 어디서는 강단 있게
밀고 나가라고 한다

훈육을 할 때도
정석대로(?) 하고 싶은데

..모든 게 참 쉽지 않다

이 작고 예민한 아이들을
번듯하게 잘 키우고 싶었는데

경제적으로도

정서적으로도

뭣 하나 제대로 해주지 못한 것 같아

자꾸만 죄책감이 든다

내 방식대로 육아를
잘 해내면 된다고 생각했지만

제대로 하고 있는 게 맞는지
확신이 서질 않는다

육아 11년 차,
모두가 행복한 순간은 매우 짧고

육아는 여전히 어렵다

어떤 날엔

숨 쉴 수 없을 만큼 답답하고

또 어떤 날엔

덤덤하다

잘 키우는 것에 대해

고민해봐도

딱히 명확해지는 건 없지만

**그래도 좋은 길로 가고 있는 게
맞기를 바라본다**

아이를 키우는 것에 대한 기준치가 굉장히 높아졌음을 느껴요. 나 자신도 그렇고 사회 분위기도 그렇고요. 육아를 도와주는 주변 사람들과 육아관이 잘 맞지 않으면 쉽게 난관에 부딪히게 되더라고요. 미리 공부하고 준비해도 변수는 항상 생기기 마련이고, 각 가정마다 경제력, 성격, 가치관, 육아관이 다르기 때문에 어느 것이 맞고 틀리다는 기준을 세우기도 참 어렵습니다. 어쨌든 내가 옳다고 생각하는 방향으로 남에게 피해 주지 않는 선에서 최선을 다해 육아를 하려고 해요. 완벽하지 않아도 괜찮습니다. 잘하고 있다고 스스로 응원해봅시다!

마음의 준비

요즘 들어

친구와 시간을 보내는 일이
잦아진 유니

먼저 묻지 않으면
본인의 사생활을 언급하지도 않고

물어봐도
대~충 대답해준다

(급식 메뉴 이야기만 빼고)

친구랑 우정반지도 맞추고

거의 매일 전화 통화까지..!

**당장이라도 내 품을 벗어날 것 같아
서운한 마음이 들었지만**

**이것이 아이 자신의 세계를
넓혀가고 있는 과정이라는 것을 안다**

부디 그 세계 속에
나의 자리도 남겨주기를

나중에

오랜만에 열이 난 유니

아파서 정신없는 와중에

병원에 가기도 전에
제대로 긴장해버렸다

그렇게 링거를 맞기 전까지

두려움에 덜덜 떨며

응애 아기가 되어버린 유니

다행스럽게도

처치는 굉장히 빨리 끝났다

**이날 나의 돌봄이
꽤 마음에 들어서였을까**

농담 반, 진담 반 건넨 말에
제법 진지한 얼굴로 대답을 한다

**그 마음이 예뻐
한참을 조심스레 어루만져본다**

겁도 많고 정도 많은 우리 유니. 가끔씩 엄마 마음을 울리는 말을 툭 하고 던질 때가 있어요. 저도 어렸을 때 유니와 비슷한 일이 있었어요. 엄마한테 "하버드 대학교에 갈 거야!"라고 말했었거든요. 저도, 엄마도 그게 불가능하다는 걸 알고 있었지만, 그 순간 엄마가 피식 웃으며 기뻐하는 모습을 보고 싶어서 던진 말이었어요. 이번 유니의 모습을 보며 어린 시절의 제 모습이 떠올랐습니다. '내 말로 인해 엄마가 잠시라도 웃었으면 좋겠어. 기분이 좋아졌으면 좋겠어.'라는 유니의 마음이 느껴져서 뭉클했던 순간이었어요.

4부. 겨울

눈 오는 날

눈이 잘 내리지 않는 지역에서의
눈 소식이란

어른도

우리 집 애들도

남의 집 애들도 설레게 한다

또 언제 볼지 모를 눈

마음껏 즐겨라, 얘들아~

같이

좁아도 다 같이 자자

닮았어

한 번씩 자기가
누굴 닮았는지 궁금해하는 아이들

왠지 나를 더 닮고 싶어 하는 눈치다

태태도 엄마파

그렇다고 하자~

그리고 여기 마음의 상처를 입은 1인

아이들에게 '엄마를 닮은 게 좋다'는 인식이 있는 것 같아요. 아빠를 닮았다고 하면 별로 좋아하지 않는 모습이 귀엽기도 하지만 아빠는 살짝 서운합니다. 사실 아이들과 보내는 시간이 엄마가 월등히 많아서 당연한 결과인 것 같아요. 남편이 서운하지 않도록, 아이들이 아빠의 좋은 점도 발견할 수 있도록 "아빠는 너희를 진짜 사랑하는 것 같아.", "아빠가 너희를 위해 사 왔어!" 등 좋은 말(?)을 많이 해주고 있어요. '아빠도 멋진 점이 많아!' 라는 메시지를 계속해서 전하다 보면 언젠가는 아이들이 아빠를 닮은 것에 자부심을 느끼는 날이 오겠죠?

들었다 놨다

엄마 취향 저격!

놀이 중에 팩폭날리기 있기 없기?

예상치 못한 순간에 훅 들어오는 유니의 플러팅은 100% 취향 저격! 가끔 "사장님, 10살 아니세요? 엄~청 어려 보이시는데!?"라며 너스레를 떨기도 해요. 센스 있고 사랑스러운 유니의 플러팅을 듣다 보면 새삼 아이에게 사랑받고 있음을 느낍니다. 물론 팩폭이 함께 날아올 때는 정신을 못 차리지만요. 엄마를 자유자재로 들었다 놨다 하는 재주를 가지고 있는 유니는 저에게 웃음과 큰 행복을 선사합니다.

안마

매우 만족!

머리

이 맛에 아들 키웁니다ㅋㅋ

천국

날씨가 추워지면

전기장판을 켜고

바닥이 따뜻해지기를 기다린다

때마침 내 곁으로 모여드는 아이들

서로의 온기를 느끼며

서로의 등을 맞대고

깊은 잠에 빠져드는 우리

가출

방학이라 모두 해이해진 요즘

지각이 코앞인 태태를 깨웠는데

하라는 준비는 하지도 않고

• 긴바늘, 짧은바늘 어쩌고 설명도 함

자꾸 밍기적거리기만 하는 태태

보다 못한 나는 터져버렸고

태태도 터졌다

태태의 발언에 상처를 받은 나는

똑같이 돌려줬고

결국 둘 다 안 좋은 기분으로
하루를 시작하게 되었다

그렇게 시간은 흘러 흘러
아이들이 집에 돌아올 시간

태태가 사라졌다

먼저 나간 유니를 따라
태태를 찾아 나서려는 찰나

유니에게서
태태를 찾았다는 전화를 받았다

잠시 후

태태가 온몸으로 기분 나쁨을 티 내며
누나와 함께 집에 돌아왔다

~ 짧은 가출 소동은 이렇게 끝 ~

순간 아이랑 똑같은 정신연령이 되어버렸네요. 분명 집에서 문 열고 나가자마자 다 잊어버리고 하루 종일 재밌게 놀다가 집에 들어올 때가 되니 갑자기 아침 일이 생각나서 노선을 틀어버린 듯한 느낌...! 더 어릴 때도 그랬지만 부쩍 자존심과 고집이 늘어나서 키우는 데 버거움을 느끼는 요즘입니다. '기분이 태도가 되지 말자!' 우리 집 가훈으로 삼아야겠어요.

관찰

유니는 태태를 왜 싫어하는 걸까?

관찰해 본 바

유니는 자기 영역이 매우 확실한 편

그리고 태태는

그런 누나의 영역을 수시로 넘나든다

중간에서 중재를 하긴 하지만

태태가 하는 걸 보면

유니가 싫어하는 이유를 알 것 같기도..

동생

우리 집 둘째이자 막내로 태어난 태태

태어날 때부터 누나가 있어서인지

누나를 참 좋아한다

매번 동생을

싫다고 말하는 누나가

야속할 법도 한데

태태의 마음은

일편단심 해바라기다

눈물 젖은 어깨

비가 오던 어느 날

아빠 감동

아이들과 함께 나갔던 남편이
호들갑을 떨며 돌아왔다

~ 감동의 도가니탕 ~

그 뒤로 틈만 나면 그때 이야기함ㅋㅋ

남매

아침에 일어나

눈 마주치는 순간부터

잠들기 전까지 싸우는 아이들

이런 모습이 기본값이라
걱정이 많았는데

우연히 만난 지인에게서

내가 없는 곳에서의
아이들 모습을 듣게 되었다

너희 남매가 맞긴 했구나..?!

단단함

예체능 관련 사교육은
아무것도 안 하고 있는 유니

어느 날

**학교 친구들의
장기자랑 영상을 보여주는데**

살짝 마음이 쓰였다

하지만 유니는

내 걱정이 무색할 만큼
단단한 아이였다

좀 멋있는걸..?!

작지만 속이 꽉 찬 유니! 좋게 말하면 자기 주관이 뚜렷하고 안 좋게 말하면 스스로 한계를 정해 놓은 느낌인데, 아이들이 굳이 하고 싶지 않다고 하면 안 시키는 방향으로 키우고 있어요. 가끔 '다른 아이들은 이것도 하고 저것도 하는데 유니도 뭔가 하나 해야 되지 않을까?'하는 조바심이 날 때가 있었는데 이번에 유니의 말을 듣고 정신이 번쩍 들더라고요. 유니의 삶이니 유니가 이끄는 대로 저는 곁에서 한 번씩 제안하고 응원, 지지하는 사람으로 남아보렵니다. 유니의 빛나는 미래를 응원해!

마음

맛있는 거나 좋은 것을 보면

아이들 생각이 먼저 나는 나

그리고

그런 나를 닮은 아이들

사랑해

자고 있는 아이들의 얼굴을 바라보며

사랑을 속삭이는 밤

잘 자, 좋은 꿈 꿔

여유

아이들이 어렸을 땐

마냥 아이들만 보느라
계절의 변화를 느낄 새가 없었다

하지만 아이들이
어느 정도 자란 지금

봄에는 꽃을 보고

여름엔 물놀이

가을엔 단풍을 즐기고

겨울엔 서로의 따스함을 느낄 수 있는
여유가 생겼다

함께하는 이 시간을 만끽하며
다가올 계절을 기다린다

일상

아침에 일어나 같이 밥을 먹고

각자의 하루를 시작하기 위해
집을 나선다

그리고 시간이 되면

언제나처럼 다시 돌아오는 이곳

서로의 하루를 공유하고

서로를 품으며 잠드는

평범하지만 특별한 이곳은
우리의 홈 스윗 홈♥

Q&A

무엇이든
물어보세요

Q. 아이들의 태명과 그 의미가 궁금해요!

유니는 우리 부부의 첫 수확이라는 의미로 수확의 계절 '가을'이라고 지었어요.
실제로 가을에 유니를 가졌기도 하고요. 태태의 태명은 '봄'이었어요. 봄의 햇살
처럼 따스한 아이가 되기를 바라는 마음으로 지었는데 다행히 그렇게 잘 자라
고 있는 것 같아요.

**Q. 첫째를 키우면서 외로울까 봐 둘째는 생각만 하고 있는 중이에요.
둘째를 확신하신 계기가 있을까요?**

처음에는 둘째 생각이 없었어요. 어느 날 키즈카페에 갔는데 다른 아이들이 모두
형제자매끼리 놀아서 유니가 낄 자리가 없더라고요. 그날따라 혼자 노는 아이도
없었어요. 그날부터 둘째 생각이 들었던 것 같아요. 전부터 유니가 자꾸 동생을
낳아달라고 이야기를 꺼내기도 했고요. 엄마, 아빠가 언젠가 곁에 없을 때 서로
에게 의지가 되어줄 존재가 있으면 좋겠다는 마음이 생겼답니다.

Q. 유니와 태태가 좋아하는 음식은 무엇인가요?

유니는 연어, 태태는 치킨을 정말 좋아한답니다.

Q 요즘 가족 모두 빠져 있는 취미가 있나요?

등산이요. 아이들이 어느 정도 크니까 제법 높은 산도 오를 수 있더라고요. 아직은 동네 뒷산 정도만 오르지만요. 2주에 한 번 정도 산에 가요. 다음 날 온 가족이 근육통에 시달리지만 몸도 마음도 건강해지는 것 같아 만족하고 있습니다. 오목도 자주 둬요. 남편이 오목을 굉장히 잘 두는데, 아이들이 남편에게서 스킬을 배워서 저에게 써먹고 있습니다. 토너먼트식으로 오목 대결도 해요. 물론 최종 보스는 남편입니다!

Q 유니와 태태가 궁극적으로 어떤 어른이 되었으면 하시나요?

아이들에게 크게 바라는 것은 없고, 행복한 삶을 만들어가는 어른이 되었으면 좋겠습니다. 삶에 여유도 있었으면 좋겠고요. 힘든 일을 겪어도 다시 일어날 수 있는 씩씩한 어른으로 자라주면 좋겠습니다. 물론 범죄에 가담하지 않고, 스스로 밥벌이를 하는 것은 기본이고요. 무엇보다도, 커서는 서로 싸우지 말고 말로 해결하는 우애 좋은 남매가 되기를 바랍니다.

Q 유니의 귀여운 점 3가지요!

세상 모든 동물들과 친해요. 개구리, 도마뱀, 달팽이 다 손으로 만지며 귀여워하는 어린이랍니다. 기분이 안 좋을 땐 안아달라며 쪼르르 다가오는 모습도 귀엽고, 흐느적거리며 알 수 없는 춤을 추는 모습도 사랑스러워요. 유니의 귀여운 점은 많고 많지만 딱 세 가지만 추렸답니다.

Q 작가님은 만화를 그리시면서 이루고 싶은 명확한 목표가 있으신가요?

예전에는 책도 내고 싶고, 정식 연재도 하고 싶고, 전시도 하고 싶고, 하고 싶은게 참 많았어요. 지금은 거창한 무언가를 이루지는 않았지만 이 삶에 만족합니다. 이대로 오래오래 그림으로 이야기하며 살아가고 싶어요. 버킷 리스트 중 하나였던 출간은 이번에 이뤘네요!

Q. 아이들에게 어떤 기준을 가지고 가르치고 계시나요? 볼 때마다 늘 현명하게 대처하시는 것 같아서 궁금해요.

딱히 어떤 명확한 기준은 없습니다. 다만, '내가 낳았지만 나의 소유가 아니며, 나와는 다른 생각을 가진 전혀 다른 존재다'라는 사실을 항상 기억하려고 합니다. 아이들을 독립된 존재로 대하려고 노력해요. 이해하려고 노력하되, 선을 넘으면 알아들을 때까지 붙잡고 이야기하는 스타일입니다.

Q. 작가님의 인생 영화는 무엇인가요?

<어바웃 타임>이요. 사랑 이야기는 언제나 옳으니까요. 킬링타임 영화보다는 보고 나서 여운이 남는 영화를 좋아합니다. 사실 장르는 딱히 가리지 않아요. <성실한 나라의 앨리스>, <사바하>, <테넷>도 좋아하는 영화들이에요.

Q. 서로가 생각하는 서로의 장단점이 궁금해요.

아빠: 보람이는 운전을 잘한다. 화를 잘 낸다.

엄마: 남편은 말을 안 하면 다정한 편이다. 입을 열면 마음과는 다른 말이 튀어 나온다.

유니: 태태는 먹을 걸 잘 준다. 성격이 나쁘다.

태태: 누나는 간식 하나 주면 잘 놀아준다. 계속 약 올린다.

Q. 연재는 언제까지 하실 예정인가요? 아이들의 성장 스토리를 계속 볼 수 있는 건가요?

펜을 쥘 힘이 있는 한 계속 그리고 싶습니다! 일기 쓰는 건 안 좋아하는데 그림으로 순간을 기록하는 건 참 재미납니다. 아이들과 함께한 소중한 시간들을 그림으로 남겨 두고두고 돌이켜보는 것도 큰 행복이죠. 아이들의 성장 이야기가 어느 정도 쌓일 때마다 책으로 엮어 내는 것도 연재를 지속할 수 있는 좋은 원동력이 될 거라고 생각합니다. 그렇게 만들어진 기록들이 저뿐만 아니라 가족에게도, 그리고 이 이야기를 함께하는 분들에게도 오래도록 따뜻한 추억으로 남길 바라는 마음입니다.

Q 나중에 아이들이 자신의 이야기를 그리지 말라고 하면 어떻게 하실 건가요?

너무 사생활에 해당되는 이야기는 빼고, 제 이야기에 부수적으로 출연하는 정도로 합의를 볼 것 같아요. 엄마의 만화 속에서 캐릭터로나마 오래오래 조잘댔으면 좋겠어요. 그것마저 안 된다고 하면 그때는 제 이야기만 하는 것으로...!

Q 유니랑 태태의 이름은 누가 지어주셨나요?

처음엔 시어머니께서 절에 부탁해 이름을 받아 오셨는데, 남편이 마음에 들어하지 않아서 결국 본인이 직접 짓기로 했어요. 성과 어울리고 놀림 받지 않을 이름들을 리스트로 쭉 뽑아서 신중하게 고른 이름이었는데, 알고 보니 또래 아이들 사이에서 꽤 흔한 이름이더라고요. 한글 이름은 우리 뜻을 담아 먼저 짓고, 사주에 맞는 한자는 따로 받아서 출생신고를 했어요.

Q 유니랑 태태가 제일 좋아하는 영화는 무엇인가요?

공룡을 좋아하는 태태는 <드래곤 길들이기>와 <쥬라기 공원>을 좋아합니다. 유니는 디즈니, 픽사, 지브리의 모든 애니메이션을 사랑합니다.

Q 유니의 핸드폰 근황이 궁금해요. 저학년 때는 꾸미는 용도로만 썼던 것 같은데, 고학년인 지금은 어떤가요?

여전히 핸드폰 꾸미기는 한창입니다. 꾸미기 실력이 더 향상되었어요. 요즘엔 동영상을 편집하는 앱을 깔아서 직접 편집한 영상을 카카오톡 프로필에 올리기도 하더라고요. 유튜브는 아직도 깔아주지 않아서 핸드폰으로는 친구들과 메시지와 전화를 하고, 사진 찍어서 카카오톡 프로필 꾸미는 정도로만 사용하는 것 같아요.

Q. 남편분과 결혼을 결심하게 된 계기가 궁금해요.

남편이 참 성실해요. '이 성실함이라면 뭘 해서라도 먹고 살긴 하겠구나...!'라는 생각이었달까요. 장거리 연애를 했는데 속 썩을 만한 일도 없었고, 제 징징거림도 잘 받아줬어요. 저는 어딜 나가든 '두 손 가볍게!' 주의라 핸드폰만 달랑 들고 나가는데, 남편은 '두 손 매우 무겁게!' 주의라 백팩에 혹시 모를 상황에 대비한 물품들을 항상 가지고 다녔거든요. 또 그게 필요한 상황이 오고, 그런 챙김을 받는 게 좋았어요. 치킨을 시켜도 저는 가슴살을 좋아하고, 남편은 다리를 좋아하고요! 그땐 다 좋았는데...(아련)

Q. 배우자를 잘 선택하는 팁이 있을까요?

우선 외모가 내 취향이어야 하고요. (ㅋㅋ) 말이 잘 통하면 좋습니다. 부모님께 어떻게 대하는지도 살펴보시면 좋아요. 배우자에게 비슷하게 대할 확률이 높습니다. 의견 대립이 있을 때 대화를 풀어나가는 방식도 중요합니다. 상대방의 의견도 존중하는 그런 모습이요. 말을 예쁘게 하고, 나에게만 다정할 것! ★★★★★ 이 정도만 되어도 중간 이상은 될 것 같습니다. 나랑 잘 맞는 게 우선이죠 뭐~

Q. 작가님은 우울하거나 무기력할 때 어떻게 하시나요?

기본은 청결, 휴식, 운동, 식사이긴 한데, 우선 하던 일을 멈추고 누워서 잡니다. 잘 자고 일어나면 맛있는 밥을 먹고, 산책도 나가요. 요즘엔 힘들면 물리치료를 받으러 병원으로 달려갑니다. 꾸준히 다니는 병원이 있는데 단골이라 그런지 찜질팩도 잘 챙겨주시고 친절하게 대해주셔서 다정함을 충전해서 돌아와요. 몸이 편안해지니 마음도 조금 나아지더라고요. 영화, 운동, 수다 등 내가 좋아하는 걸 찾아서 해보세요!

Q. 가족들이 가장 애정하는 회차가 궁금해요!

아빠: <아기의 탄생> 아기들 태어난 과정을 담은 이야기예요.
엄마: <데이트> 유니와 첫 데이트를 했던 편이요.
유니: <고양이 태태> 고양이처럼 어디든 몸을 넣는 게 귀엽대요~
태태: <참관수업> 엄마가 학교에 왔던 게 좋았다네요!

Q. 4명이 되고 처음 떠났던 여행은 어떠셨나요? 둘째가 19개월인데 아직도 여행 자신이 안 생겨요.

그 마음이 정말 이해됩니다. 사실 저도 그래서 아직까지 해외를 못 나가고 있어요. 해외로 나가면 우선 말이 잘 안 통하고, 응급상황이 생기는 것도 걱정되고요. 가장 중요한 식사도 아이들이 편식이 심해서 문제가 될 것 같더라고요. 이것저것 생각하다 보니 여행 생각만 해도 머리가 지끈거리는 지경에 이르렀습니다. 작년에 처음 제주도를 갔는데, 초등학생인데도 찡찡거리는 바람에 너무 힘들었어요. 저는 당분간 국내여행만 다닐 계획입니다...!

Q. 사용하시는 ID의 뜻이 궁금해요.

우선 4nab2는 '사납이'라고 읽습니다. 처음 아이디를 만들 때 쓸 만한 게 없어서 고심하던 중 평소에 남편이 저를 부르는 애칭인 사납이가 떠올라서 만들었어요. Limbbo는 '림뽀'라고 읽으며 제 이름인 임(林)보람의 앞 두 글자를 따와서 만든 닉네임이랍니다.

Q. 처음 책을 출간하시는 소감이 어떠신가요?

'내가 책을 내도 되는 걸까?', '종이 낭비는 아닐까?', '누가 봐 주기는 할까?' 등 온갖 시름과 걱정을 짊어지고 책을 준비하며 원고를 다시 읽고 다듬는 과정에서 제가 그렸던 이야기들에 담긴 소중한 순간들이 떠올랐습니다. 페이지마다 담긴 아이들과의 추억이 더 특별하고 가치 있게 느껴졌어요. 이 책을 통해 독자분들과 그 따뜻한 순간들을 나눌 수 있다고 생각하니 정말 기쁘고 설렙니다. 정식(?) 작가가 된 것 같은 뿌듯함도 있고요!

마무리하며

결혼과 육아에 대해 환상을 가졌던 시기가 있었습니다. 결혼만 하면 내 인생이 행복해질 것 같다는 기대가 있었지요. 육아도 마찬가지였습니다. 방긋방긋 웃는 아이들과 예쁜 말을 주고받으며 평화롭게 살 줄 알았죠. 낳기만 하면 알아서 잘 클 거라는 주변 어른들의 말처럼 쉽게 생각했는데, 이게 웬걸. 원래 예민했던 나와 무던한 줄 알았지만 알고 보니 굉장히 예민했던 남편의 조합으로 '예민 보스'가 둘이나 탄생했어요. 어떤 날은 아이들의 얼굴만 바라보아도 좋았지만, 또 어떤 날은 전생의 원수들과 한 집에 살고 있는 듯한 기분이었습니다.

결혼 후 타지로 오면서 재택근무로 이어가던 일도 점점 끊겼고, 두 아이를 낳으며 자연스럽게 전업주부의 삶을 살게 되었습니다. 정리 정돈을 좋아해서 집 안을 열심히 청소하고 깔끔하게 물건들을 정리했지만, 대부분의 아이 키우는 집이 그렇듯이 뒤돌아서면 언제 치웠냐는 듯 다시 너저분해졌어요. 하루 종일 열심히 아이를 돌보고 집을 정돈해도 나의 노고는 전혀 티가 나지 않았고 남편과는 서로 자기가 더 힘들다며 다투기만 했습니다.

그때 깨달았어요. 나는 누군가가 나의 노력을 알아주길 바라고, 인정을 받고 싶어 하고, 생산적인 일을 통해 나 자신을 증명하고 싶어 한다는 것을요. 그리고 곧 인정받지 못한 일들에게서 흥미가 사라졌죠. 매일 하던 청소와 정리를 내려놓고, 매 순간 최선을 다하려고 애쓰지도 않았습니다. 아예

손을 놓아버리진 않았지만 예전만큼 열과 성을 다해 열심히 하지 않았어요. 그렇게 마음이 괜찮아졌다면 좋았을 텐데, 사실 괜찮지 않았습니다. 점점 더 쓸모없는 사람, 이도 저도 아닌 사람이 되어가는 것만 같았어요.

처음엔 일러스트 한 장이었습니다. 그 다음은 잠을 줄여가며 일주일을 꼬박 그린 10컷 분량의 짧은 만화였고요. 한참을 놓고 살았던 그림을 다시 시작하고 나서야 내 안의 무엇인가가 채워지는 느낌이 들었습니다. 돈이 되지 않아도 좋았어요. 그림으로 나의 이야기를 풀어내고 나누는 순간, 정말로 내가 살아 있는 듯했어요. 그림은 마음의 안식처가 되어주었고, 그림을 그리며 계절이 바뀔 때마다 우리 가족은 안정되어갔습니다.

여전히 우리 집엔 천국과 지옥이 함께하지만, 어느 정도 마음의 여유가 생긴 지금은 그 순간들까지도 특별하게 다가옵니다. 따뜻한 봄, 흩날리는 꽃잎을 잡으려고 뛰어다니던 아이들, 장마가 오면 물웅덩이를 밟으며 신발이 다 젖도록 신나하던 모습, 차가운 바람이 불면 품 안으로 파고들던 따스함까지. 사계절은 언제나 다시 돌아오지만, 아이들과 함께하는 계절은 매번 새롭게 느껴집니다. 어제의 계절과 오늘의 계절이 다르고, 지금의 아이와 내일의 아이가 다르듯이 말입니다.

매일 반복되는 일상 속에서 미래의 나에겐 그리움으로 남을, 때로는 달콤하고 때로는 짠 내 나는, 다시는 돌아오지 않을 순간들을 모아 한 권의 책으로 엮어냈습니다.

부디 이 책을 읽는 동안 여러분도 가족과의 추억들을 떠올리며 소소한 일상의 틈새에서 찾아오는 행복을 느낄 수 있기를 바랍니다.

그림으로 이야기하는 사람
Limbbo 임 보 람

379

때로는 달콤하고
때로는 짠 내 나는
평범하지만 특별한
우리의 사계절